Wouf

Papi-Loup   Mamie-Loup   Papa-Loup   Maman-Loup

Doudou   Mini-Pic   Mini-Loup   Anicet   Dilou

À Pierre Probst.

MINI-LOUP
en Égypte

Philippe Matter

hachette
JEUNESSE

« Plus vite, Kilou, allez, avance ! »
L'âne Kilou avance très, très doucement.
« Il fait bien trop chaud pour trotter », se dit-il.
Louna a rendez-vous près de la grande pyramide.
Elle a hâte de retrouver son amoureux Mini-Loup et ses amis
pour leur montrer le joli chaton que son père lui a offert.

« Tiens, je n'avais jamais vu cette statue avant, s'étonne
Louna en approchant d'une sculpture de chien. Elle a
vraiment l'air bizarre. »

Mais la statue n'est pas vraiment une statue. Il s'agit de Seth, le chacal farceur, qui adore faire peur à tout le monde. Le filou s'est roulé dans le sable et couché sur un socle sans bouger. Gare au premier qui passera devant lui !

Au moment où Louna le dépasse, Seth bondit et mord la queue du pauvre Kilou. Effrayé, l'âne fait un tel bond qu'on a l'impression qu'il va s'envoler.

« Quel froussard ce Kilou ! » ricane le chacal en s'enfuyant.

Il n'y a pas que Kilou qui a eu peur, Chachou, le chaton, a lui aussi été terrorisé par le vilain Seth. Il a sauté des bras de sa maîtresse et est allé se réfugier dans la grande pyramide. « Chachou, Chachou, sors de là, le supplie Louna, il fait noir et froid à l'intérieur… en plus je suis sûre qu'il y a plein d'horribles araignées et des bêtes gluantes.

– MIAAOOOUUUUU ! » Une plainte monte du fond de la pyramide. Morte de peur, Louna s'élance à la recherche de son chaton.

BRRRRRRR, Louna tremble de froid… et d'effroi aussi.
Elle avance prudemment dans la grande pyramide.
« Chachou, Chachou, t'es où ? murmure-t-elle pas très
rassurée. Viens vite me rejoindre.
– MIAAOOOUUU ! » Enfin Louna trouve son petit chat :
il s'est réfugié sous un sarcophage. Alors qu'elle essaie de
le calmer, elle entend dans son dos un sinistre grincement :
« CCCRRRRIIIIIOOOUUUUIIIIICCC… »

Louna ose à peine se retourner. Juste derrière elle,
un sarcophage commence à bouger. Le couvercle glisse
et une horrible momie pas belle du tout en sort.
Elle n'a pas l'air gentille. Tétanisée, Louna ne bouge plus
mais la momie l'a vue et commence à s'approcher d'elle.

« IIIIIIIIIIIHHHHHHHHHH ! »
Louna pousse un cri perçant. En colère, la momie s'avance
vers elle en poussant de terrifiants grognements.
« Va-t'en, sale bestiole ! » hurle Louna en prenant ses jambes
à son cou. Mais la momie la suit.

À l'extérieur, alors que Mini-Loup et ses trois copains, Mini-Pic, Anicet et Doudou, arrivent au rendez-vous, ils entendent les hurlements qui sortent de la pyramide. « Venez vite, dépêchez-vous, c'est Louna, je crois qu'elle est en danger ! » crie Mini-Loup.
Aussitôt, les quatre camarades se précipitent dans la pyramide.

Se laissant guider par les cris, ils débarquent dans la grande salle des sarcophages. Là, ils découvrent un drôle de spectacle : Louna est poursuivie par une grande bestiole couverte d'un tas de bandelettes. Mini-Loup en reste bouche bée.

« Une mo mo; une mi mi, une momie ! bafouille Mini-Pic.
– Vite, il faut faire quelque chose, dit Mini-Loup.
– IIIIIIIIIHHHHHHHHHHH ! continue à hurler Louna.
– GRRRRRRRRRRRRRRRR ! » continue à gronder la momie.

La momie a presque rejoint Louna.
« Attrapez-la ! » hurle soudain Mini-Loup.
D'un bond, les quatre amis s'accrochent à une bandelette
et stoppent la momie dans sa course. Ils tirent alors
de toutes leurs forces.

Plus ils tirent et plus la bandelette se déroule et plus
la momie tourne sur elle-même comme une toupie géante.
« Tenez bon ! » les encourage le petit loup.

La momie-toupie tourne de plus en plus vite et saute sur place. Puis elle fuit dans l'escalier, et monte les marches en rebondissant.

Arrivée à l'extérieur de la pyramide, la bandelette de la momie est entièrement déroulée et sa vieille peau toute ridée apparaît. Mais les rayons du soleil brûlent si fort, qu'elle tombe immédiatement en poussière.

« Pffffffff ! parvient juste à souffler Louna, quelle aventure ! »

Malheureusement Chachou le chaton est resté
dans la pyramide.
« Mon pauvre chaton ! sanglote Louna.
– Ne t'inquiète pas, je vais aller te le chercher, annonce
fièrement Mini-Loup.
– Comme tu es courageux ! » le flatte Louna.
Chachou s'est réfugié tout en haut d'une colonne.
« Descends de là tout de suite ! » ordonne Mini-Loup.
Mais le chaton n'a pas vraiment l'air de vouloir descendre.
« Satané matou ! On verra bien qui aura le dernier mot ! »
grommelle Mini-Loup, et il rassemble et empile tout
ce qu'il peut trouver pour essayer de l'atteindre.

« BLAM BOUM BING BADABOUM ! »
Dehors, Louna et les garçons entendent de drôles de bruits venant de l'intérieur de la pyramide.

« Tiens, on dirait que Mini-Loup est en pleine action ! »
dit Anicet en souriant.
Après une longue attente, Mini-Loup sort enfin avec Chachou
dans les bras. Il tend le chaton à Louna.
« Mini-Loup, tu es vraiment un petit loup épatant ! jubile
Louna, tellement heureuse de retrouver son bébé chat.
– Ce n'était pas difficile du tout », crâne Mini-Loup même
s'il a un peu mal partout.

Un peu plus tard, pour se remettre de toutes ces émotions, Mini-Loup emmène son amoureuse faire une petite balade en barque sur le Nil.

« C'est chouette d'être ensemble rien que nous deux, bafouille Mini-Loup tout intimidé.

– Très chouette et très romantique », lui répond Louna même s'il lui semble qu'ils ne sont pas si seuls que ça…

Retrouve Mini-Loup sur Internet : www.mini-loup.com

Dépôt légal : Juillet 2010 – Édition 02
Loi n° 49-956 du 16 juillet 1949 sur les publications destinées à la jeunesse
Imprimé en France par Jean-Lamour – Groupe Qualibris.

Mlle Biglu

Gus Eliot Louna

Maxou Baudouin Raphaëlle Muche